C'EST L'HISTOIRE DE JULIEN

MARYAM B.

C'EST L'HISTOIRE DE JULIEN

ou
J'ai vécu avec un malade psychique

Édition : BoD – Books on Demand
12/14 rond-point des Champs-Élysées, 75008 Paris
Impression : Books on Demand GmbH, Norderstedt, Allemagne
ISBN : 978-2-3221-3676-6
Dépôt légal : septembre 2019

À mon petit-fils...

Cet écrit n'est pas un roman, mais un témoignage, celui d'une histoire vraie, racontée avec mes mots, des mots simples, ceux du cœur et de l'âme… mon ressenti.

En lisant le titre – tellement évocateur –, vous serez peut-être tenté de vous dire « Je n'ai pas envie de lire un tel texte ». Et, pourtant, je vous y engage vivement, car cette histoire est l'histoire de dizaines, de centaines de familles, en France, en Europe et de par le monde.

Je fais un retour en arrière de quelques années et je me présente avec ma famille :

Je m'appelle Maryam B., j'ai 60 ans, et je suis mariée depuis plus de 40 ans à Robert, 63 ans. Nous sommes parents d'une fille unique, Sabine, 29 ans, elle-même mariée et déjà maman de deux jeunes garçons, Sébastien 6 ans et Julien 4 ans. Leur père Laurent travaille beaucoup et préfère cela aux joies et plaisirs de sa famille ! Mon mari et moi-même, retraités depuis peu, profitons à plein temps de cette joyeuse maisonnée !

Mais voilà, il y a une ombre au tableau !

Sabine se lasse d'être trop souvent seule avec ses enfants et, après quelques années, décide de se séparer de Laurent qui n'est pas d'accord. S'ensuit alors un divorce difficile, accompagné d'une série d'ennuis qui en découleront.

Bon an mal an, les secousses et séquelles de cette séparation vont en s'estompant, et Sabine rencontre Pierre qui devient son second mari. Naît de cette union Aubry, le troisième de la fratrie.

Une décision du couple est prise, à cette époque, de faire construire un pavillon non loin de chez nous.

Y succède une période de dix ans environ, heureuse, sereine et plutôt calme, du moins en apparence ! Les deux aînés des frères, Sébastien et Julien, sont de jeunes lycéens. Le dernier intégrera un cours Montessori.

Mais comme certains le savent, une famille recomposée forme rarement un groupe idyllique !

Et personne n'entend l'orage gronder au loin et les tensions naître au sein du couple : une seconde séparation s'annonce, qui sera suivie plus tard du second divorce.

Et là, tout se complique !

Sébastien et Julien (l'aîné est majeur) vont cohabiter dans un appartement en ville et sont censés continuer leurs études. Aubry reste à la charge du père (avec accord des deux parents), et la mère – qui veut peut-être faire une pause – va vivre seule dans un autre petit logement où elle pourra néanmoins recevoir ses enfants. Je refuse de juger qui que ce soit à partir d'événements qui surgissent dans la vie, mais on pourrait intituler la suite du récit : « Illustration d'une famille éclatée. »

Nous, grands-parents, qui habitons à une cinquantaine de kilomètres de leurs nouveaux foyers, ne pouvons que constater les dégâts. Nous nous préparons à une longue traversée du désert qui sera certainement jalonnée de quelques inévitables coups de théâtre !

Mes deux petits-fils aînés, Sébastien et Julien, livrés à eux-mêmes, n'ont pas étudié bien sûr ! Sébastien, qui est inscrit en fac, n'y mettra jamais les pieds, et Julien – c'est l'année du bac – n'obtient pas son diplôme. Pour lui, cet échec est très difficile à supporter, car, ajouté aux deux traumatismes subis lors des deux divorces (mais il n'en parle pas !), c'est une charge supplémentaire sur ses épaules. Ce jeune qui est hypersensible depuis sa plus tendre enfance doit être très ébranlé et commence, dès lors, à perdre confiance et à manifester une mésestime de lui-même !

Les deux frères versent alors dans la musique (DJ) et fréquentent le monde des noctambules avec tout ce que cela sous-entend, l'aîné entraînant le cadet influençable à merci !

Cette vie de saltimbanques perdure environ trois ans, entrecoupée d'un séjour de leur mère chez eux. En effet, Sabine est appelée au secours par son fils Julien qui vit de pénibles querelles avec son frère. La promptitude de leur mère à venir cohabiter apaise quelque peu les deux frères, mais Sabine constate qu'ils fument beaucoup, et pas seulement la banale cigarette !

De plus, Sébastien, après quelques mois, manifeste une réelle hostilité vis-à-vis de sa mère, certainement afin qu'elle parte, et l'ambiance est souvent plombée.

Sabine retourne dans son petit appartement, ni satisfaite ni tranquille.

Par la suite, comme rien de positif ne ressort de la musique, Sébastien décide, tout à coup, de tout laisser tomber, y compris son frère, et de partir en Australie. À ce moment de mon récit, nous sommes en 2012, Sébastien est âgé de 25 ans, Julien de 23 ans, et ce dernier reçoit cette nouvelle telle une bombe et interprète la décision de son frère comme un abandon.

Un traumatisme de plus pour Julien qui se sent délaissé et seul ! Son manque de confiance en lui ressurgit à ce moment précis, car, lors d'une de ses visites, il nous dit : « Je ne sais pas ce que je vais faire, je vais peut-être reprendre mes études ! » Nous ne pouvons que l'encourager ! Mais il n'y a pas de suite.

N'ayant plus aucun revenu, soutenu cependant par sa mère et Pierre son ex-beau-père, il recherche de petits boulots sans beaucoup de succès, puisqu'il n'a aucune formation.

Comme il doit quitter l'appartement qu'il occupait avec son frère, il décide de se mettre en colocation dans une petite maison de banlieue dont jouissent deux jeunes gens, déjà dans la vie active. Il faut dire que les deux compères, en voyant arriver quelqu'un de plus jeune, qui n'a pas de travail et qui, malgré cela, possède une voiture et une guitare, n'ont pas apprécié ! Ils ne se gênent pas pour faire des réflexions à Julien (« Tu ferais bien de chercher du travail au lieu de gratter ta guitare ») et l'humilient même en certaines occasions ! C'est trop pour Julien, ce garçon déjà blessé profondément en diverses étapes de sa vie si courte !

Comme les relations avec ses colocataires vont en se détériorant, Julien en parle à Pierre qui est propriétaire d'une studette pour étudiants et qui lui donne aussitôt les clés. Sur le moment, Julien est content, mais il se sent à nouveau bien seul !

C'est cette grande solitude et un trop-plein d'angoisse qui vont faire basculer la vie de Julien…

Le dimanche 16 décembre 2012, Sabine veut fêter l'anniversaire de son troisième fils, Aubry, 14 ans, et invite Julien chez elle. Julien vient par les transports en commun, sa voiture est en panne, quelque part. Il ne sait plus où ! « Bizarre ! » pense sa mère qui lui demande d'aller chercher le gâteau d'anniversaire commandé à la pâtisserie du coin. Elle lui propose donc de prendre sa propre voiture ainsi que sa carte de paiement pour régler les frais. Julien s'exécute aussitôt. Une demi-heure se passe, puis une heure, puis deux heures… et pas de retour de Julien !

Ma fille et Aubry sortent, battent le pavé dans tout le quartier espérant voir Julien, mais personne à l'horizon, et son téléphone est sur messagerie. Ils vont jusqu'à la pâtisserie pour constater que le gâteau d'anniversaire n'a pas été retiré !

Très inquiète, Sabine, après avoir téléphoné à l'unique copain de Julien qui ne sait rien, contacte le commissariat proche de son domicile afin de signaler l'incident. Le policier de garde lui rétorque d'attendre au moins le lendemain pour s'inquiéter : son fils est majeur ! « et, de toute façon, il faut laisser passer quarante-huit heures, ajoute-t-il, c'est la loi ! ». Sabine lui dit qu'elle ne savait pas !

Ma fille continue cependant à passer des coups de fil aux restaurants où parfois Julien se rend, aux établissements hospitaliers de la ville et de sa banlieue, etc., cela durant une bonne partie de la nuit. Sans aucun résultat.

Le lendemain matin, donc le lundi, Sabine doit se rendre à son travail. Privée de sa voiture, elle doit solliciter sa collègue de bureau. Elles font un détour pour passer à la banque dans l'intention de faire opposition à la carte de paiement. La responsable de l'établissement bancaire lui propose de ne pas faire d'opposition immédiate, car la carte va servir à « suivre » Julien soit dans ses retraits, soit dans ses éventuels déplacements. En effet, après avoir noté un retrait de quelques centaines d'euros, la banque s'aperçoit que la carte est en train de « naviguer » en Espagne à des péages d'autoroutes !

Julien qui a peut-être roulé jour et nuit doit déjà être très loin !

En fin d'après-midi du lundi, Sabine et Pierre vont vérifier si Julien est venu à son logement : ce dernier est grand ouvert et ils remarquent qu'il n'a emporté que quelques habits de sport, plus son sac à dos, et c'est tout !

Ce n'est qu'à ce moment-là que mon mari et moi-même sommes avertis.

Après la surprise, nous nous posons les questions que chacun se pose dans une telle circonstance. Julien se trouvait-il au mauvais endroit, au mauvais moment ? Est-il parti seul ou sous contrainte ? Est-ce un départ prémédité ? Pourquoi aussi précipité ?

Terrassés, nous ne comprenons pas et pourtant…

En faisant défiler dans nos têtes le passé de Julien et sa brève vie, que de séismes l'ont déjà secoué !

Je fais ici une parenthèse. J'avais remarqué ces derniers temps, et sa mère le confirme, que Julien était soucieux, sombre et mélancolique. Il semblait habité par une souffrance silencieuse. On avait envie de caresser son visage pour recueillir dans nos mains toute sa tristesse ; même son sourire était triste ! Un jour où il vient déjeuner chez nous, après le repas, il se retire dans sa chambre d'enfant et je l'aperçois sur son lit, roulé en position de fœtus, la tête enfoncée dans l'oreiller, ses mains plaquées dessus. À ma question « Qu'est-ce qui ne va pas ? », il répond : « J'ai une forte migraine et ça m'arrive souvent ! »

J'en fais part à sa mère qui lui suggère de consulter un médecin, mais, bien entendu, Julien refuse.

Je reviens maintenant sur sa fugue du 16 décembre. Passent les journées du 17, 18, 19, 20 décembre et les jours suivants, toujours dans l'attente d'un signe ou d'un coup de fil ! La peur et l'angoisse s'installent en nous. Un calvaire. Les personnes ayant vécu une telle épreuve comprendront !

Ma fille, de plus en plus effondrée, retourne chercher des nouvelles auprès du commissariat de sa rue, dans l'espoir qu'eux savent quelque chose de plus. Toujours rien ! On lui répond invariablement que son fils est majeur et qu'ils ne peuvent pas faire grand-chose !

Ce Noël se passe sans Sébastien qui est en Australie et sans Julien qui a disparu. La nouvelle année va arriver toujours dans l'attente !

Sabine ne lâche plus le commissariat. Vers la fin décembre, un jeune inspecteur stagiaire, peut-être ému par son désarroi, lui propose de procéder à une RIF (Recherche dans l'intérêt des familles) : cette procédure n'ayant bientôt plus cours, ajoute-t-il, la disparition de son fils est déjà classée en « disparition inquiétante » et une enquête est ouverte !

Arrive 2013 qui s'annonce aussi triste, mais, le 2 janvier, coup de fil miraculeux de la part du jeune inspecteur de police : « Nous avons localisé votre fils à Ceuta et, à partir de maintenant, nous ne ferons rien de plus, votre fils est majeur ! » Ah ! ces paroles déjà répétées cent fois et qui résonnent dans nos têtes comme des coups de marteau ! L'inspecteur de police précise également que Julien a été retrouvé par Interpol grâce au numéro d'immatriculation de la voiture.

Malgré cette bonne nouvelle (Julien est vivant !), nous sommes tous les trois plus angoissés qu'auparavant !

Sébastien, qui a été tenu au courant, a envie de revenir d'Australie, car il a eu un coup de fil de son frère auquel il n'a rien compris, à peine audible et lui tenant des propos bizarres ! Sabine s'oppose à son retour, il doit terminer son séjour d'un an !

Bien, Julien est vivant et se trouve à Ceuta, enclave espagnole dans le Maroc. Et s'il n'y était plus ?

Car il a déjà pu quitter cet endroit, endroit maudit s'il en est un qui ne nous rappelle pas de bons souvenirs à mon mari et moi-même. Nous l'avons en effet traversé plusieurs fois en allant visiter le Maroc et, en dehors d'y avoir croisé une population multiculturelle, nous avons rencontré des personnes à la mine patibulaire, d'autres à l'allure peu engageante et tous parlant trente-six langues, sauf la nôtre.

D'autre part, il faut préciser deux faits importants concernant Julien :

1. Julien est parti sans ses papiers d'identité.

2. À propos de sa voiture qui était en panne à une centaine de kilomètres de son domicile, dans l'attente du dépanneur, j'ai ouvert le coffre pour y découvrir (Julien est pourtant un jeune homme clean) un foutoir pas possible : du linge sale, une glacière contenant de la nourriture périmée,

divers petits outils et des livres dont les titres m'ont glacée : « Quel est le but de la vie ? », « Comment faire pour être heureux ? », « Le bonheur existe-t-il ? », etc. À ce moment-là, j'ai un mauvais pressentiment que je garde pour moi : et si Julien avait fui pour se cacher et commettre un acte autodestructeur ? Le diable s'est habillé en Julien !

Cependant, un matin en arrivant au bureau et ouvrant son ordinateur, Sabine a un coup au cœur. Ce n'est toutefois pas un signe de mauvais augure : en effet, elle trouve un message rédigé en français provenant d'un expéditeur inconnu, Driss, qui lui demande si elle a un fils qui se prénomme Aurélien. Ma fille répond aussitôt qu'elle a un fils qu'elle recherche, mais dont le prénom est Julien.

Au fil d'échanges de quelques mails, Sabine apprend que Driss est militaire de carrière, de nationalité belge et qu'il est dans la Légion étrangère en mission à Ceuta. Il dit qu'il voit souvent ce jeune Aurélien ? Julien ? passer devant la caserne et qu'il lui paraît malade.

Ma fille pense : « C'est bien Julien, puisqu'il lui a donné mon adresse mail. »

Quelques jours passent, puis un nouveau message de Driss : « Aurélien a craqué, il m'a dit s'appeler Julien, vivre dans un squat vers la mer, aller mal. Il ne se nourrit plus, ressent des troubles dans sa tête, il faut en avertir sa mère ! »

Et puis Julien disparaît à nouveau, dixit Driss.

Chez mon mari, après avoir appris tout cela, les choses se mettent vite en place dans son esprit, car même si craintes et appréhensions sont focalisées sur la population de Ceuta, il veut aller récupérer son petit-fils coûte que coûte et répète en boucle : « On ne peut pas laisser notre petit-fils là-bas, il faut aller le chercher ! »

Je lui réponds : « C'est vouloir chercher une aiguille dans une meule de foin ! »

Et je panique d'autant que je ne peux pas l'accompagner : je dois subir en milieu hospitalier des examens prévus de longue date.

Peu lui importe, il dit qu'il partira seul ! La machine est lancée, personne ne peut plus la freiner et il commence à préparer sa valise.

Pendant ce temps, avec ma fille, il nous vient une idée afin de ne pas laisser mon mari partir seul : si l'on demandait à un membre proche de la famille, quelqu'un de confiance, de l'accompagner ?

Sans mettre mon mari au courant pour le moment, je téléphone à un neveu gendarme juste retraité. La réponse est rapide et positive : « Oui, mais pour quoi faire à Ceuta ? » me demande-t-il. Je lui réponds que, pour l'instant, nous devons rester discrets, les explications viendront plus tard ! La famille ignore tout à cette date de la fugue de Julien.

Encouragée par ce « Oui » sans restriction, je pose la même question à un beau-frère, retraité également, qui parle espagnol. Lui aussi, accord sans condition de sa part.

Je n'oublierai jamais ce que ces deux personnes m'ont apporté alors que j'étais en pleine détresse !

Ils seront donc trois chauffeurs à prendre la route en alternance, car il s'agit de parcourir 1 500 kilomètres environ, et pas en touristes !

Voilà notre équipée rapidement prête, sombre et inquiète cependant, qui se lance, fin janvier 2013, pour faire la traversée de l'Espagne et se rendre à Ceuta, une halte de nuit étant prévue au centre du pays !

Levés très tôt, ils partent vers le sud, droit sur le port d'Algésiras, arrivent à l'embarcadère aux aurores, prennent le premier bateau qui met le cap sur le continent africain, débarquent une heure après, tout en étant toujours, administrativement, en territoire espagnol !

Mon mari conduit dès lors, car il est le seul à connaître cette région. Il aperçoit de loin le seul hôtel-restaurant, « Parador », correct de renommée, où il devra réserver couchage et repas, mais, pour le moment, il préfère ne pas s'attarder et rouler vers cette fameuse banlieue où se trouvent les passages de « défiance » de tous les immigrés et autres clandestins ! Il se dirige vers cet endroit, car il a quelques doutes ! Ils traversent une ville noire et sale, aux rues encombrées, des échoppes partout, avec la marchandise sur les trottoirs, quelques immeubles délabrés, et partout cette même population déjà décrite !

Nos trois hommes ne sont pas très à l'aise dans leur voiture même toutes vitres fermées ! Les deux compagnons de mon mari qui, bien entendu, sont maintenant au courant de leur « mission », lorgnent à droite, à gauche, de tous côtés, pour essayer d'apercevoir Julien.

Et c'est mon mari qui le voit le premier. C'est à peine croyable, mais, soudain, Julien est là, devant lui, à quelques mètres, assis sur un vieux mur et conversant avec un jeune « local ».

Si le grand-père reconnaît facilement son petit-fils, ses deux autres compagnons de voyage, non, car ils ne se souviennent pas précisément des traits de visage de Julien. D'ailleurs, il a tellement maigri !

Mon mari descend de voiture le premier, se dirige vers Julien qui affiche son pauvre sourire triste, ne manifeste aucune émotion, aucune effusion dans son « bonjour » et n'a pas l'air du tout surpris ! On apprendra plus tard que Driss, le militaire, lui avait laissé entendre que peut-être quelqu'un de sa famille viendrait !

Puis tout le monde se regarde, s'épie, ne sait trop quoi dire !

Plusieurs pensées traversent alors l'esprit de mon mari : « Julien n'ayant pas été éduqué aux faits religieux, il ne doit pas être venu à Ceuta pour fréquenter une madrasah coranique ! Tout au plus, il a peut-être voulu aller au Maroc et, comme il n'avait pas son passeport, il n'a pas pu passer. » Il réfléchit, mais, soudain, arrivent, sortis de nulle part, cinq ou six hommes, tous des barbus, en djellabas, qui s'adressent à mon mari :

Bien sûr, il ne comprend rien, ne parlant ni l'arabe ni l'espagnol ! Le beau-frère qui parle espagnol échange avec eux quelques mots. Il traduit :

« Ces messieurs nous invitent à prendre le thé au cybercafé qui est juste en face. »

La première surprise passée, mon mari se souvient que la règle d'hospitalité numéro un en Afrique du Nord, c'est d'offrir du thé et il ne faut surtout pas le refuser !

Un instant plus tard, voilà ce drôle de groupe attablé autour d'une grande théière fumante, tout sourire, palabrant entre eux et avec Julien. Mon mari, assis à côté de Julien, lui demande de traduire : Julien dit qu'il ne comprend pas. Or, c'est faux : il comprend et parle assez bien l'espagnol !

Arrive alors une femme d'une quarantaine d'années, habillée à l'européenne, peut-être l'épouse de l'un des barbus ! Elle s'adresse avec bienveillance à Julien et lui tient ces propos, en espagnol : « Aurélien, ton grand-père est venu te chercher, tu es malade, tu dois rentrer chez toi. Tu reviendras nous voir lorsque tu iras mieux. Traduis s'il te plaît à ton grand-père. »

Julien traduit, mais ajoute : « Je ne rentre pas en France avec toi. »

Après ce coup de poignard, le grand-père dit à son petit-fils : « Nous ne repartons que demain, tu peux réfléchir, mais, en attendant, veux-tu venir dîner avec nous ? » « Oui, j'ai très faim », répond Julien.

La petite troupe familiale remonte en voiture pour se diriger vers l'hôtel-restaurant « Parador » situé à l'entrée de la ville. Pendant le trajet, on remarque que Julien s'isole, ne dit mot et s'enferme dans un mutisme.

À l'arrivée dans le hall de l'hôtel, les papiers d'identité étant présentés, tout le monde note que le réceptionniste ne demande rien à Julien, et mon mari capte un certain regard entre eux ! « Tiens, se dit-il, peut-être que Julien a déjà séjourné ici, mais ne posons pas de question ce soir ! »

Les clés sont remises, tout le monde monte à l'étage et chacun se dirige vers sa chambre. Julien et son grand-père occuperont la même chambre meublée de deux grands lits. Mon mari profite de ce calme pour proposer à Julien d'appeler sa mère et sa grand-mère et leur dire qu'ils se sont retrouvés ! Julien prend le téléphone et s'éloigne de mon mari qui n'a donc pas pu entendre la communication. Ma fille et moi-même sommes à l'autre bout du fil, et ce que nous entendons nous sidère ! Quand Sabine me tend l'écouteur, je n'entends que la fin de la « tirade ».

« … et je ne rentrerai pas, je ne te considère plus comme ma mère, ou seulement ma mère biologique, et, avec papa, vous êtes des insectes répugnants. Je vais vous écraser. N'importe comment je vais vous quitter. Les "autres" vont venir me chercher. »

Moi qui sors juste de l'hôpital, je suis doublement secouée !

Julien a-t-il des hallucinations ? Est-il devenu psychotique ? Ou bien joue-t-il la comédie ? Où doit-on placer le curseur ?

Mon mari n'a rien entendu et, satisfait que Julien ait parlé à sa mère, l'invite à descendre en salle à manger.

Le repas, en Espagne, est servi assez tard, et nos quatre hommes affamés dévorent en silence, personne n'osant de toute façon ouvrir une discussion. Et c'est le neveu retraité-gendarme qui, assis en face de Julien de plus en plus sombre, se hasarde à lui poser quelques questions.

Julien écoute d'abord, lâche quelques propos descriptifs sur la ville, essaye de donner le change à son cousin qui lui demande ce qu'il compte faire, et puis, tout à coup agacé, Julien dit : « C'est une enquête ? »

Il se lève brusquement de table, son grand-père le fait rasseoir en lui disant que son cousin ne connaissant pas les lieux ne fait que se renseigner sur les « occupations » des habitants, etc. « Il ne faut donc pas te fâcher s'il t'interroge. » Puis le repas se termine et chacun regagne sa chambre.

Ce soir-là, certainement que tout le monde s'est vite endormi, harassé de fatigue, la tête pleine et bouillonnante de mille et une choses vues et entendues. Quelle journée !

Le grand-père et le petit-fils font donc chambre commune, mais, tard dans la nuit, vers 2 h du matin, mon mari entend du bruit près de lui, allume vite sa lampe de chevet, voit Julien debout, habillé, son sac sur le dos prêt à quitter les lieux. À la question de son grand-père « Où vas-tu ? », Julien répond : « Je m'en vais, je ne peux pas rester ! »

Mon mari essaye de le retenir, en vain : Julien claque la porte et disparaît.

Nouveau cauchemar d'attente pour le grand-père ! Une heure passe, puis deux heures et, vers 5 h du matin, Julien réapparaît sans dire mot, se couche à nouveau et termine sa nuit ! Encore une fois, mon mari ne pose pas de question !

Le lendemain matin, le groupe se retrouve autour du petit-déjeuner, mais mon mari ne parle pas de l'incident de la nuit avec Julien.

À la fin du repas pendant lequel le silence règne, le grand-père pose à nouveau la question à son petit-fils : « Est-ce que tu veux rentrer avec nous ? »

La réponse ne se fait pas attendre : « Je t'ai déjà dit non ! »

« Mais alors, où comptes-tu aller ? Même tes "amis" te conseillent de repartir ! D'abord, pourquoi sont-ils tes amis ? »

« Parce que je n'avais rien et ils m'ont tout donné ! »

« Ah ! Et où dors-tu d'habitude ? »

« Dans un squat au bord de la mer, c'est une maison délabrée sans portes ni fenêtres, et je couche sur un matelas pourri tout humide ! »

« Et tu te nourris comment ? »

« Je ne me nourris plus. Au début, j'ai vendu la voiture de maman en pièces détachées, j'avais un peu d'argent. Je suis même allé à l'hôtel. Et puis, la source s'est tarie. J'en suis arrivé à manger le pain rassis dont les pêcheurs se servent pour appâter le poisson. Je passe derrière eux et, discrètement, je leur chipe un morceau ! »

« Et tu ne veux toujours pas rentrer avec moi ? »

« Non ! »

La messe est dite.

Mon mari a alors une idée : « Si je louais une chambre avec petit-déjeuner pendant au minimum une semaine, chez un particulier. » Il pose la question à Julien qui accepte aussitôt et lui demande de le conduire auprès de ses « amis ». Ces derniers lui communiquent rapidement l'adresse d'une brave grand-mère espagnole très heureuse de gagner quelques sous !

Mon mari propose alors à Julien : « Je vais payer la pension pour une semaine, je te donne de l'argent pour régler le billet de la traversée en bateau ainsi que pour le bus qui te ramènera chez toi. Il faudra prendre la navette Tanger-Paris qui fait de nombreuses haltes et tu sais à laquelle descendre. »

Julien : « D'accord, mais je ne rentre pas maintenant ! »

Mon mari, déchiré intérieurement, dit au revoir à son petit-fils qui, une nouvelle fois, ne manifeste aucune émotion, aucun geste de tendresse ni de remerciements, et tourne rapidement le dos à ces trois malheureux hommes pleins de compassion qui auraient tant voulu soustraire Julien à ce milieu ! Blessés profondément par cet échec, ils retournent à l'hôtel chercher leurs bagages. Chemin faisant, mon mari reçoit un coup de téléphone de sa fille lui rappelant de ne pas oublier Driss, le militaire ! Ils prennent le chemin de la caserne et n'ont aucun mal à retrouver le sympathique légionnaire lequel, d'ailleurs, ne veut rien accepter de mon mari. Ma fille lui adressera, bien entendu, un cadeau plus tard !

Le chemin du retour se passe plus rapidement qu'à l'aller, mais chacun rentre chez lui triste et le cœur lourd ! Nous sommes pressées, ma fille et moi-même, d'interroger mon mari sur le comportement de Julien.

« As-tu remarqué que quelque chose clochait chez Julien ? Parlait-il normalement ? Quelle était son attitude face aux "autres" ? Sa conversation était-elle cohérente ?, etc. »

« Julien m'a paru tout à fait normal, toujours aussi triste et mutique, mais il a beaucoup maigri ! Et il fume ! »

Nous lui faisons part alors de la communication téléphonique de la veille : il paraît surpris, reste très sceptique et n'y croit pas vraiment !

Nous, avec ma fille, on se pose toujours la même question : « Est-ce que ce que fume Julien (pas de simples cigarettes) n'agirait pas sur son cerveau ? »

La suite du récit nous éclairera malheureusement à ce propos !

Julien n'est pas rentré en France tout de suite. Dix jours ont passé – sans nouvelles – et puis, un soir, en rentrant du travail, ma fille trouve son fils assis en tailleur devant la porte de l'appartement.

Depuis les retrouvailles, alors que Julien est encore à Ceuta, la mère n'a pas beaucoup échangé avec son fils, mais elle lui a cependant fait savoir, par Driss, que Laurent son père, tenu au courant de tout ce qui s'est passé, irait l'attendre à la halte de la navette Tanger-Paris.

Je n'en ai pas encore parlé, mais il faut mentionner ici avant de continuer que Laurent n'a pas, depuis son divorce avec Sabine, entretenu de trop bons rapports avec cette dernière : leurs deux enfants, Sébastien et Julien, confiés à la garde de la mère, étaient censés passer un week-end sur deux avec le père ainsi que la moitié des vacances scolaires. Or, pendant ces périodes, ils étaient systématiquement amenés chez les parents de Laurent, autrement dit les autres grands-parents qui se sont d'ailleurs comportés en grands-parents exemplaires. Mais voilà, le père n'est pas présent, ou très peu !

Et puis, vers l'âge de 12/14 ans, les garçons ne veulent plus « déménager » comme ils disent !

À partir de là, les relations avec leur père se relâchent, s'espacent, et personne ne met la moindre bonne volonté pour recoller les morceaux !

Dommage, car c'est la pleine adolescence pour nos deux jeunes, âge ingrat et exigeant s'il en est un ! D'ailleurs, un éminent pédopsychiatre qui écrit et décrit souvent cette période de vie d'un enfant de parents séparés dit : « Pas de père, point de repère ! » Chez Sébastien et Julien, cela se vérifie encore de nos jours !

Bien, revenons sur le retour de Julien : Sabine et Julien, qui ne se sont donc pas vus depuis trois mois, se saluent sans grande effusion de la part de Julien !

Sabine pose aussitôt la question : « Ton père est-il venu à l'arrêt du bus ? » « Non. » « Pourtant, il m'avait promis qu'il irait te chercher ! »

Papaoutai... papaoutai ? chantait le chanteur belge Stromae !

À Sabine qui l'interroge à ce propos, Laurent dit qu'il est allé à l'arrêt du bus, qu'il a vu plusieurs jeunes avec des capuches noires et qu'il n'a pas reconnu Julien !

Sabine doute de sa réponse !

Voici donc la mère et son fils à nouveau réunis, mais la soirée ne s'annonçant pas très chaleureuse et afin d'essayer d'établir ou de rétablir le contact avec Julien, Sabine nous demande de venir chez elle. Et là, nous nous trouvons face à un jeune homme amaigri, vêtu d'habits amples, aux traits de visage très marqués, le regard sombre et fuyant dans une figure impassible et figée nous rappelant un « coffre-fort », peut-être rempli d'émotions, mais fermé à double tour ! Ce soir-là, personne n'a pu établir une quelconque discussion avec Julien ! Nous repartons chez nous.

Les jours qui suivent ne sont pas plus joyeux, et Sabine, qui occupe toujours son petit appartement, invite Julien à regagner sa « studette ». Il lui répond sèchement : « Je n'irai plus dans ce trou à rats, je ne veux plus être seul ! »

Son comportement et ses attitudes font de Julien un garçon soit distant, soit mutique, soit agressif. Un soir, Sabine, affolée, nous téléphone : « Venez vite, Julien devient menaçant ! »

À notre arrivée, il nous regarde ahuri et nous dit : « Qu'est-ce que vous venez faire ? Ce n'est pas vous que j'attends, ce sont les "autres", ils doivent venir me chercher ! »

Mon mari, en entendant ces propos, n'en croit pas ses oreilles. Moi, j'avais déjà entendu ces paroles au téléphone, depuis Ceuta. Alors, sans me démonter, je lui demande : « Les "autres" ? Qui sont-ils ? (Je pense aux barbus de Ceuta). »

Or, Julien me répond : « Eh bien ! les "autres", ceux qui habitent sur une autre planète. Eux, au moins, sont très gentils, pas comme vous. Ils vont venir me chercher. Ils me parlent tous les jours, souvent plusieurs fois par jour. Ils me promettent de venir me chercher ! Ils vont m'aider à me venger ! etc. »

Échange de regards avec ma fille. Non ! On n'avait pas rêvé. Julien semble bien avoir des hallucinations au minimum auditives !

Nous ne sommes pas médecins, mais là, il nous fait penser à une personne qui a des troubles psychiques !

Nous essayons, tous les trois, de conserver une apparence sereine, de lui parler gentiment pour le calmer, de lui faire remarquer qu'il est peut-être un peu fatigué, qu'il devrait consulter un médecin. Là, il explose !

« Je ne suis pas malade. Je n'ai pas besoin d'un médecin. C'est vous qui n'allez pas bien (et la tirade continue) et puis, maintenant, vous allez tous payer. Payer pour le mal que vous m'avez fait. Mais payer aussi, en monnaie sonnante et trébuchante, car je vais en avoir besoin… pour partir avec eux ! »

Et il se lève brusquement, arpente la pièce à grandes enjambées, s'arrête devant chacun de nous en nous lançant un regard antipathique, et même haineux, et nous demandant à mon mari et moi-même de rentrer chez nous.

LE CONSTAT EST SANS APPEL, JULIEN EST MALADE ET IL DÉLIRE !

Très désorientés, même effrayés, nous quittons les lieux non sans faire discrètement signe à notre fille d'appeler le 17 au cas où…

En partant, mon mari dit simplement à Julien : « Si tu fais du mal à ta mère, tu vas me trouver sur ton chemin ! »

Ce n'est peut-être pas le genre de menace à proférer dans une telle circonstance, mais dans l'urgence, et se sentant démuni, mon mari (avec sa stature 1,92 mètre, 120 kilos) n'a rien trouvé d'autre à dire à Julien afin de provoquer chez lui une certaine crainte !

Julien n'a pas bougé ! Pas ce soir-là ! Mais il va recommencer ! Plus tard !

Il retourne quelque temps dans sa studette. Il revient prendre ses repas chez sa mère, lui demande timidement un peu de monnaie pour ses cigarettes ou autre ; il traîne en ville, prend les transports en commun puisqu'il n'a plus sa voiture (sa mère l'a vendue pour s'en acheter une à elle) et puis, un beau jour, il nous appelle :

« Est-ce que je peux venir faire un petit séjour chez vous ? Je m'ennuie, je n'ai pas de travail et plus de copain. »

Nous acceptons bien sûr, comme tous grands-parents aimants, avec cependant quelques craintes en arrière-pensée.

Nous allons le chercher chez lui dans son petit antre et, en repartant, il nous demande de faire un détour par une autre banlieue chez quelqu'un qu'il connaît soi-disant et qui doit lui prêter des jeux d'ordinateur, ou de console, je ne sais trop comment les nommer !

Le voilà donc planté devant l'ordinateur avec ses jeux ; je jette un coup d'œil par-dessus son épaule et m'aperçois que ce ne sont que des scènes de violence, des jeux de guerre, tous du même acabit, des films de fiction, mais loin du film de Louis de Funès, *Le gendarme et les extraterrestres*.

Quelques jours passent sans que Julien mette le nez dehors, il ne parle pas, ne sourit pas, se nourrit très peu (surtout pas de viande de porc, nous précise-t-il) et ne s'habille qu'en tenue de « camouflage ». Disons que son comportement rappelle celui d'un autiste !

Et, la nuit, il ne dort pas, il fume, fume, fume, et, comme je ne veux pas qu'il fume dans sa chambre, il sort et on voit qu'il n'a qu'une envie, c'est partir. Où ? Il ne sait pas !

« Julien, tu ne devrais pas fumer comme ça ! » lui dis-je.

« Il n'y a que ça… justement… qui me calme », me répond-il.

Puis il fait le tour de la maison, du jardin. Indécis, il rentre à nouveau et recommence son cirque !

Personne ne dort sur ses deux oreilles !

Mon mari qui se méfie cache les clés de la voiture et, pourtant, un matin, il s'aperçoit que la voiture a roulé : il pose la question à Julien qui nie tout bien entendu !

Passent encore quelques jours, puis Julien nous demande de le ramener chez sa mère ! On s'exécute.

Ce soir-là, il n'est pas retourné à sa studette, il a voulu rester chez sa mère et, lorsqu'il dort chez elle, il dort au salon sur le canapé. Or, un jour, très tôt le matin, Sabine entendant du bruit, se lève précipitamment, ne voit pas Julien, regarde à travers la baie vitrée de son balcon pour se rendre compte que sa voiture n'est plus sur le parking ! Comment aura-t-il fait pour subtiliser les clés, alors que Sabine les laisse dans son sac qu'elle cache sous son oreiller ? Mystère !

Notre fille nous tient informés de cet incident. Elle est obligée de prendre une voiture de location pour se rendre à son travail.

Le surlendemain, alors qu'elle roule et s'arrête à un feu, elle aperçoit, sur son côté gauche, sa propre voiture avec Julien au volant : ils baissent chacun leur vitre et la mère dit à son fils :

« Te rends-tu compte de ce que tu m'as fait ? J'ai été obligée de louer un véhicule pour aller travailler ! »

Julien, tout triste, les yeux pleins de larmes, répond :

« Il faut m'aider... il faut m'aider... »

Il redémarre en trombe et disparaît à nouveau !

Le lendemain, ou bien deux jours plus tard, le seul copain de Julien appelle Sabine au téléphone. Elle peut venir récupérer sa voiture. Julien se repose pour le moment chez lui ! Puis Julien revient chez sa mère, nous rappelle pour aller le chercher à nouveau, nous y allons !

Chez nous, même comportement que la première fois : Julien ne parle pas, ne mange pas et, surtout ne supporte plus le regard de mon mari. Il va s'asseoir devant l'ordinateur, la console au bout des doigts, des heures durant avec ses jeux violents et continue de s'isoler dans sa chambre !

Nous sommes désespérés et décidons d'en parler à notre médecin généraliste, afin d'être conseillés. Or, elle se trouve elle-même démunie devant ce type de malade : elle en a deux dans sa patientèle. Elle nous suggère cependant de le recevoir. On verra bien ! Mais Julien, comme à son habitude, nie farouchement avoir besoin de « consulter », d'autant que cette généraliste est la mère de Stéphane qui était au lycée avec lui. Pour nous, c'est raté, et Julien s'entête toujours à nous répondre qu'il n'est pas malade : pourquoi consulterait-il un médecin ? Ce n'est pas parce qu'il accorde crédit à la manifestation d'autres vies, ailleurs, qu'il est malade. Il a bien le droit, nous dit-il, de croire et de vivre différemment de nous ! Mais bien sûr !

Et voilà, les propos que Julien continue de nous tenir ! Que faire ? Que dire ? Que penser ? Qu'il délire ?

Au cours de ce pénible séjour, avec mon mari, il nous vient une idée : comme il nous avait laissé entendre que son frère aîné lui manquait, pourquoi n'irait-il pas rejoindre Sébastien en Australie ? Mon mari lui pose la question et, avec une ombre de sourire, Julien répond : « Je veux bien ! »

Mon mari se propose d'aller chercher son billet d'avion, mais Julien dit qu'il va s'en occuper lui-même, qu'il va prendre plusieurs billets sur des compagnies différentes. « Je ferai des sauts de puces, nous dit-il, et ce sera moins cher ! » On lui remet donc le montant total d'un aller Paris-Sydney et il repart aussitôt chez sa mère pour le lendemain (nous précise-t-il) s'envoler d'abord sur Paris ensuite vers l'Australie !

Mais, voilà, Julien n'a jamais pris ni billet ni avion ! Il a repris la navette Tanger-Paris en sens inverse de son retour. Pour aller où ? Aucune idée ! Mais on l'apprendra plus tard !

Sébastien, qui attendait son frère, nous fait savoir au bout d'un certain temps que Julien n'est pas arrivé, et surtout qu'il ne s'est jamais annoncé. Tout le monde est surpris, et, une nouvelle fois, Julien s'est volatilisé !

Deux ou trois longues semaines s'écoulent encore dans l'attente, espérant toujours un signe de Julien. Là, ce n'est pas qu'un signe qui nous tombe dessus !

Ma fille reçoit un coup de téléphone de l'ambassade de France, à Madrid, lui indiquant que son fils a été arrêté par la police espagnole, dans un bus

qui roulait vers la France. Il était porteur de 500 g d'herbe et, à ce titre, il est incarcéré au pénitencier de Topas à Salamanque.
LE CIEL NOUS TOMBE SUR LA TÊTE !

Par l'intermédiaire de l'ambassade de France, on nous propose un avocat français qui commence par nous demander une avance sur ses honoraires ! On lui signale que Julien est malade. Où est son dossier médical ? Il n'en a pas, bien sûr. Je crois qu'il n'a même pas ses papiers d'identité ! Pourtant, la police espagnole, elle, l'a bien identifié !

Cet avocat nous fait savoir que Julien a déjà été « épinglé » par cette même police pour vol de nourriture et qu'il risque d'en « prendre » pour quatre mois… négociables à trois… si l'on veut… (encore de l'argent à lui verser !)

Nous ne sommes pas autorisés à téléphoner à Julien, mais à lui écrire, à lui envoyer un peu d'argent, ce que nous faisons, sa mère, nous les grands-parents et Pierre, son ex-beau-père. Rien du côté du père qui a pourtant été tenu au courant, fait semblant de tout ignorer, mais relate à sa façon l'incident à ses parents en « chargeant » Julien de telle façon à le rendre presque responsable d'un crime ! « Vous rendez-vous compte, mesdames et messieurs, un fils et petit-fils en prison ? La honte sur la famille ! »

Nous sommes fin mai 2013, il fait un temps d'été dehors, et Julien est dedans : les portes du pénitencier se sont fermées, mais pas comme dans la chanson !

Le temps passe, et les jours, et les semaines. Notre avocat ne rend pas visite à Julien à Salamanque ! Nous nous demandons si nous ne sommes pas en train de nous faire escroquer. Au bout de trois semaines, il décide enfin de se déplacer et dit à ma fille que son fils va bien, n'a pas l'air malade. Julien, comme à son habitude, a dû donner le change. Il ajoute qu'il nous en coûtera 3 500 € et que Julien sera jugé dans trois mois au tribunal de Salamanque.

Oui, Julien a bien été jugé trois mois après, mais il a comparu seul, personne pour le défendre et, avec le problème de la langue, n'a pas tout compris, sauf qu'il devait s'acquitter du montant de « l'hôtellerie »... et qu'il était libre !

Nous n'avons jamais reçu la facture de cette « drôle » de pension !

Mais, aujourd'hui encore, nous n'avons pas digéré le montant des honoraires versés à cet avocat en regard de la prestation fournie !

Il nous reste la conviction que, dans tout cas semblable, une personne en détresse va naïvement et généreusement remplir la caisse de son soi-disant défenseur censé représenter HONORABLEMENT la loi française à l'étranger !

Bon, voilà notre Julien euphorique sur le chemin du retour vers le pénitencier, pour sa dernière nuit.

Il en a averti sa mère qui roule déjà vers Topas, car elle a quelques centaines de kilomètres à faire, seule (elle a voulu être seule) et seule encore à regarder s'ouvrir les portes du pénitencier... pour accueillir son fils qui lui dit immédiatement, sans qu'elle lui demande, qu'il va bien, mais qu'il n'est pas très content, pas content du tout. Il ne fait que répéter : « On m'a volé mon sac, mon beau sac de sport tout neuf. Je suis sûr que ce sont les gardiens ! Regarde ce qu'ils m'ont remis à la place : un sac-poubelle ! »

Puis il explique à sa mère qu'il n'aurait jamais dû être incarcéré : en effet, en Espagne, ce n'est pas un délit d'avoir de l'herbe sur soi (si c'est pour usage personnel), même pour la consommer, c'est toléré ! « Mais comme j'étais étranger... dit-il ! Voilà, j'ai appris tout ça au tribunal ! »

Sa mère en conclut encore une fois que Julien a été très mal défendu !

Sur le chemin du retour vers la France, il n'est pas très loquace ! Sabine essaye de lui faire dire quelques mots à propos de son séjour. Mais elle s'aperçoit vite que, comme il souffre déjà d'un premier enfermement – dans sa tête –, pourquoi donc lui parler du second, même si c'est plus concret ?

Et toujours d'après le fameux pédopsychiatre : « Tout ce qui ne sort pas en mots sortira en maux. » Et il y aura des conséquences, bien entendu si ce n'est des dégâts !!!!

Il y aura en effet un après « Topas », comme il y a eu un après « Ceuta ».

Quant à nous, à son arrivée, nous l'accueillons comme s'il ne s'est rien passé et lui proposons assez vite de venir faire un séjour au grand air, hors de l'appartement de sa mère et de sa studette. Il accepte.

Nous pensons, bien entendu, à la terrible jungle d'où il vient et ne lui posons aucune question : nous constatons que nous avons face à nous un gamin certainement affecté par ces trois mois de pénitencier, mais qui ne laisse rien paraître. Cette fois, son coffre-fort aux émotions est fermé à triple tour !

Nous savons qu'il n'a pas d'argent, sa mère a déposé une demande de RSA et son ex-beau-père, qui est dans « l'immobilier », lui a proposé un peu de travail (un appartement à repeindre), mais il n'a tenu que deux jours, puis il est revenu chez nous.

Tout son être, sa tête, son corps sont empreints de tristesse de fatigue et d'une grande lassitude !

Il passe la majeure partie de la journée cloîtré dans sa chambre, se nourrit un peu vers la fin de la soirée, sort dans le jardin pour fumer et fumer encore. Le peu d'argent de poche qu'il a reçu n'y suffira point !

Ce séjour va se prolonger environ un mois, et voir Julien dans cet état nous met mal à l'aise, car nous souffrons avec lui !

Arrive le 27 octobre 2013, jour d'anniversaire de mon mari qui va fêter ses 76 ans.

Ma fille et son dernier fils, Aubry, sont attendus. Ils sont là vers 11 h 30 et nous nous préparons à prendre une coupe. Sabine appelle Julien qui est enfermé dans sa chambre, comme à son habitude. Il refuse de venir avec nous au salon. Nous attendons quelques minutes, puis Sabine insiste, rappelle Julien. Là, nous voyons notre Julien arriver en furie, il va droit sur sa mère, lui demande, menaçant, les clés de sa voiture : il veut rentrer chez lui ! Sa mère lui refuse, arguant qu'elle le ramènera le soir.

« Je veux partir tout de suite ! claironne-t-il dans tous ses états. Donne-moi les clés ! »

« Non ! » répond Sabine.

Nous, nous assistons impuissants à cet échange de flèches, puis on voit

Julien quitter rapidement le salon et revenir trente secondes après armé d'un couteau de cuisine, se jeter sur moi en me contournant, présentant le couteau sous ma gorge d'une main et de l'autre me maintenant la tête en arrière !

« Tu me remets tes clés, crie-t-il à sa mère, ou je tranche la gorge de la grand-mère ! »

Là, tout va très vite, ma fille lui lance les clés et, en même temps, fait le 17 sur son portable. Mon mari se lève d'un bond, saisit une chaise pour, certainement, la fracasser sur Julien, et moi, j'ai le temps de penser qu'il n'a pas pris un bon couteau ! À ce moment, je n'ai même pas peur, c'est lui, Julien, qui tremble comme une feuille !

L'espace-temps dure quelques secondes entre le moment où il reçoit les clés, me lâche, sort de la maison, monte dans la voiture et démarre en trombe !

NOUS VENONS DE VIVRE UNE SCÈNE PRESQUE SURRÉALISTE, MAIS HÉLAS BIEN RÉELLE !

Ma fille s'approche vite de moi et me demande si ça va. Puis elle me dit : « T'en fais pas, il n'y a presque plus de carburant dans la voiture et la police va arriver ! »

Aubry se met à pleurer sans pouvoir s'arrêter.

La police se trompe de rue (sans bruit, heureusement). Ma fille attend dehors, les voit arriver et leur fait signe de la suivre (elle a pris notre voiture) vers la station à essence du quartier. Julien est peut-être encore là. En effet, il est là. En voyant le car de police, il essaye de fuir, se fait ceinturer, résiste, tente d'expliquer ce qui s'est passé : « C'est un accident ! » Il n'a jamais eu l'intention de faire du mal à sa grand-mère, etc. Et il pleure !

Les policiers, pas particulièrement attendris, lui passent les menottes et lui répondent en même temps :

« Oui, mais il y a eu un couteau… Et d'abord, où est-il ? »

Il est sur le tapis de la voiture côté passager. L'un des gendarmes le confisque. Ma fille reprend sa voiture pour suivre le car de police au poste.

Julien, plein de haine à l'égard de sa mère, lui lance « Tu me payeras ça ! », avant de monter dans le véhicule de police accompagné d'un gendarme.

J'entends d'ici le lecteur dire : pourquoi avoir attendu d'en arriver à ce drame ? Ou pourquoi avoir laissé la situation se pourrir ? Pourquoi avoir laissé les choses aller si loin ? Pourquoi ? Pourquoi ? Pourquoi ? Oui, on savait bien que Julien était malade, complètement malade, mais…

Nous vous rappelons son entêtement à ne pas vouloir consulter un médecin, ou mieux un spécialiste : bien entendu que nous lui avons proposé à plusieurs reprises, mais, à ce moment précis, Julien a 24 ans et il est très difficile de contraindre une personne de cet âge d'aller dans la salle d'attente d'un médecin ! Nous, nous n'avons jamais réussi !

Sauf que, maintenant, dans l'événement présent, la fameuse « HO » (hospitalisation d'office ou hospitalisation sous contrainte) va s'imposer.

Ça y est, nous y sommes ! Mais voilà, ce n'est pas si simple !

Comme chacun sait, de nos jours, pour faire procéder à une hospitalisation sous contrainte (ou sans le consentement de la personne), il s'agit :

1. de recueillir un certificat médical attestant que les symptômes présentés par le malade risquent de le rendre dangereux pour lui-même et autrui, donc que son état de santé nécessite une hospitalisation d'urgence.

2. une attestation du maire de la commune ou de son représentant, sous forme de réquisition, requérant auprès de la direction d'un établissement hospitalier d'admettre immédiatement, monsieur untel qui, au vu du certificat médical, « peut être dangereux et troubler l'ordre public » ; ce document est doublé d'un arrêté municipal, signé du maire, et dont l'ampliation est adressée au Préfet qui doit vérifier, dans les vingt-quatre heures, si l'hospitalisation a bien eu lieu.

Sabine accompagne son fils, « encadré », chez le médecin de garde (nous sommes un dimanche), un médecin qui, d'ailleurs, ne connaît pas du tout Julien, et ceci afin d'établir le fameux certificat.

Ce qui s'est passé ensuite est un peu confus dans ma mémoire. Je ne garde que des souvenirs fragmentaires et ne sais plus exactement par qui a été « monté » le dossier devant accompagner Julien à son admission à l'hôpital.

Sabine revient et nous informe que Julien est au « poste », qu'il attend une ambulance envoyée par l'hôpital psychiatrique de la ville, situé à 50 km de chez nous.

Nous demandons comment il est, elle nous répond qu'elle ne l'a pas revu.

Ce jour-là, une fois nos larmes séchées, nous nous sommes tous dit : « Enfin, Julien va être soigné ! »
C'ÉTAIT UN JOUR D'ANNIVERSAIRE !

Dans la soirée, Sabine et un Aubry inconsolable sont repartis chez eux.

L'établissement psychiatrique dans lequel a été hospitalisé Julien se trouve être près du logement de ma fille laquelle va, dès le lendemain, à la pêche aux informations.

On lui dit que son fils, venant des Urgences, est hospitalisé dans une unité dite « fermée », nommée ainsi parce que les malades n'ont pas le droit de sortir (se rendre chez eux), mais ils peuvent se balader dans les couloirs de l'hôpital, discuter entre eux, aller s'asseoir dehors dans un jardinet, et même fumer ! Mon mari et moi-même sommes agréablement surpris de cela, pensant au contraire que Julien allait être enfermé dans sa chambre !

Très rapidement, il consulte un psychiatre qui lui prescrit, en attendant de faire un bilan de santé complet, un traitement calmant.

Sa famille est autorisée à lui rendre visite. Son ex-beau-père, son frère Aubry, son frère aîné Sébastien rentré d'Australie et son unique copain viennent le voir. Mais il refuse, dans un premier temps, de recevoir sa mère qui en est très chagrinée.

Quant à nous, les grands-parents, un trop-plein de peine et de souffrance nous cloue chez nous et nous n'avons pas la force de rendre visite à notre petit-fils !

Julien reste hospitalisé environ quatre semaines dans la même unité. Il continue de consulter le même psychiatre qui, lui, continue de lui prescrire le même fameux « calmant ». À ce moment-là, les rapports médecin/patient se passent bien, car Julien accepte de se soigner sans rechigner.

Il est même autorisé à rentrer chez sa mère à condition qu'elle soit présente ; sont présents également les deux frères de Julien.

Pas de problème durant ce court séjour, puis Julien réintègre l'hôpital encore une semaine, son bilan de santé n'étant pas terminé.

Lorsqu'il sort de l'établissement hospitalier, il revient de nouveau chez sa mère, mais elle lui fait comprendre qu'il doit retourner dans sa studette, car son frère aîné Sébastien cohabite déjà avec elle : il n'a ni logement ni travail pour le moment !

Julien nous demande alors de venir quelque temps chez nous.

Nous allons le chercher, et le voilà à nouveau installé dans sa chambre avec ses jeux violents (télévision ou ordinateur) et son « fameux » médicament calmant. Je suis d'ailleurs chargée de vérifier qu'il le prend correctement. Je me glisse dans sa chambre lorsque j'entends qu'il est sous la douche et je constate qu'il ne se soigne pas sérieusement ! De plus, nous remarquons avec mon mari qu'il ne veut voir personne. Si quelqu'un vient chez nous, il se sauve dans sa chambre, s'enfermant même, est complètement désocialisé et toujours aussi mutique : de plus, il recommence ses divagations !

Nous attendons quelques jours, puis alertons sa mère qui nous fait savoir que Julien doit rentrer : de toute façon, la date de la consultation obligatoire auprès de son psychiatre va arriver !

En effet, à la suite de l'hospitalisation, Sabine obtient que son fils consulte le même psychiatre à l'hôpital plutôt qu'un autre, au CMP (centre médico-psychologique) de son quartier, où il a l'obligation de se rendre tous les mois !

La mère et le fils se rendent donc tous les deux à l'hôpital et sont reçus par le médecin référent. Julien en premier, seul, ensuite tous les deux. Il en sera ainsi à chaque consultation !

Mais voilà que le psychiatre s'aperçoit en comparant l'entretien qu'il a eu avec Julien et le second entretien mère-fils que quelque chose ne colle pas.

Julien, en effet, a juré ses grands dieux qu'il va bien, qu'il se soigne, etc., et sa mère a affirmé le contraire ! Lors de la confrontation, l'affaire a failli mal se terminer, car Julien s'en prenait vertement à sa mère !

Calmement, le psychiatre propose alors à Julien de revenir seul, le surlendemain, pour consulter un autre psychiatre parmi ses collègues. Il s'exécutera volontiers.

Malgré la non-autorisation, Sabine accompagnera son fils au rendez-vous et attendra discrètement dans une salle d'attente.

Julien est reçu non pas par UN psychiatre, mais ils sont TROIS à l'inviter à s'asseoir devant eux. Julien n'est apparemment pas troublé. En sortant de la salle d'entretien, il explique à sa mère qu'il a été « cuisiné » presque deux heures durant avec des pauses.

Il apprend également à sa mère qu'elle sera appelée dans quelques jours par le psychiatre habituel. Julien ne dira plus un mot, il veut repartir, il est pressé de rentrer, ajoute-t-il !

Et Julien revient chez nous.

Quelques jours plus tard, Sabine est effectivement convoquée à l'hôpital, pour des résultats, pense-t-elle, ou peut-être un diagnostic ? qui tombe en effet : celui-ci aura été cependant défini par plusieurs médecins spécialistes.

La voilà assise en face du médecin référent de Julien :

« Votre fils développe une maladie psychique dont vous connaissez les symptômes, puisque vous les "vivez" depuis pas mal de temps ainsi que votre famille : hallucinations auditives, bouffées délirantes, troubles du comportement, etc., ce qui va nécessiter un traitement au long cours. C'est une maladie qui devient chronique, lourde à soigner. Julien doit IMPÉRATIVEMENT suivre le traitement prescrit par son médecin spécialiste et continuer à consulter ce dernier tous les mois. Ce traitement consiste en un antipsychotique à prendre au quotidien : nous ajusterons la posologie à mesure. De plus, il serait bon qu'il suive en plus de mes consultations une thérapie comportementale et cognitive avec un professionnel de santé dont je vous communiquerai les coordonnées. »

Ma fille se hasarde alors à poser LA question à propos de la maladie :

« Docteur, est-ce la schizophrénie ? »

« Madame, lui répond le médecin, c'est vous qui prononcez ce mot ! »

Sabine s'aperçoit alors que le psychiatre reste très prudent, du moins dans un premier temps, et n'aime pas dire de cette maladie psychique qu'elle répond obligatoirement au diagnostic de « schizophrénie ».

« Pour le moment, continue le psychiatre, nous avons constaté, avec mes collègues, que votre fils présente une désorganisation de la pensée et une altération de perception de la réalité qui l'ont entraîné à commettre certains actes dangereux pour autrui ! »

« Que se passe-t-il dans son cerveau ? »

« Pour être simple, dans son cerveau (comme d'ailleurs dans le nôtre), il y a des milliards de cellules nerveuses qui se transmettent des messages entre elles par neurotransmetteurs, et, chez Julien, ce système de communication est défaillant ! »

Explication succincte, mais qui a le mérite d'être « parlante » à la néophyte qu'est Sabine, ainsi qu'à nous tous, la famille de Julien.

Mais Sabine n'a pas terminé de poser ses questions et continue :

« Docteur, est-ce qu'il serait possible de vérifier si Julien a bien tout dit et décrit, sur son état, aux experts psychiatres ? »

« Vous pensez qu'il est capable de cacher quelque chose ? »

« Oui, répond Sabine, surtout à propos des voix qu'il entend en permanence et qui le font souffrir ! »

« Bien, il faut que je vous précise que votre fils a été inscrit à la Fondation FondaMental, Centre de recherches psychiatriques et collecteur d'informations au niveau européen, qu'il a signé un protocole et qu'il devra se rendre (à la demande de cet organisme) passer une IRM de son cerveau en "activité" dans un autre hôpital de la ville où se trouve un service très perfectionné pour ce type d'examens ! Par la suite, il devra répondre à une convocation annuelle pour des vérifications. »

Puis, le médecin insiste auprès de la mère afin que son fils prenne bien ses médicaments ! Et il ajoute :

« Veillez bien à ce que Julien se soigne correctement et continuez à maintenir le précieux lien familial qui lui est indispensable et salutaire ! On dit que chacun de nous détermine la progression du récit de sa vie, or, dans le cas de Julien, la maladie s'est emparée de lui et semble, pour le moment, diriger son cerveau. Par conséquent, il lui est simplement plus difficile qu'à chacun d'entre nous de surmonter contrariétés, défaites, embûches ou journées de spleen. Mais il faut garder ESPOIR ! »

La philosophie du médecin est communicative et Sabine rentre chez elle moins découragée.

NÉANMOINS, UN DIAGNOSTIC EST POSÉ :

Nous sommes au printemps 2014 et notre Julien est diagnostiqué « patient souffrant de schizophrénie, entraînant un taux d'invalidité évalué entre 50 et 80 %, à réviser tous les deux ans ».

Dans la foulée, le psychiatre référent remet la demande d'AAH (allocation adultes handicapés) à remplir à l'assistante sociale, une copie à Sabine, et il l'adresse à l'organisme en charge de ces dossiers : la MDPH ou maison départementale des personnes handicapées.

Quelques mois plus tard, environ six mois, une réponse positive à cette demande de versement de l'AAH parvient à l'adresse de Julien. Il bénéficiera donc d'une pension d'invalidité d'un montant de 860 euros par mois.

Sa réaction : « Je ne vais plus demander d'argent à ma mère pour m'acheter un paquet de cigarettes ! »

De plus, sa mère fait aussitôt la demande d'un logement afin que Julien quitte sa studette !

En attendant, il revient chez nous, et nous, nous continuons à souffrir de son isolement. Son psychiatre lui a pourtant conseillé à maintes reprises, afin d'essayer de se resocialiser un tant soit peu, de fréquenter des groupes de parole, des groupes de jeunes, certes malades comme lui, mais il y a là d'excellents animateurs qui, dans un objectif d'accompagnement, invitent les patients à participer à des activités qui les aident à s'exprimer, à sortir de leur « intérieur », à faire de petits travaux manuels, et même artistiques, et surtout à communiquer.

Mais Julien n'est pas encore en capacité de faire ces efforts !

C'est à ce moment-là que mon mari pense à l'achat d'un scooter, d'autant que Julien a son permis et n'a d'ailleurs jamais eu d'accrocs dans ce domaine. Il le lui propose : se dessine alors sur le visage de Julien un demi-sourire qui nous laisse deviner sa satisfaction. Il sera un peu plus indépendant, moins tributaire de sa famille, surtout pour se rendre aux consultations médicales !

Son petit véhicule, comme il l'appelle, est choisi. Julien reste sur la ville quelque temps avant de revenir chez nous en nous annonçant qu'il a commandé sur Internet une grande cage en « kit », donc à monter (« Ce sera plus pratique de le faire dans votre garage ! »). Et après ?... Il y a une petite bête qui sera livrée ! Ça se fera en deux temps !

Nous ne faisons pas les curieux et ne posons pas de questions !

Aussitôt dit, le colis de la cage arrive, nous regardons Julien la monter, et c'est là que nous nous apercevons qu'il a quelques difficultés à déchiffrer un schéma pourtant simple, lui qui, auparavant, nous a « dépannés » plusieurs fois à l'occasion de petits ennuis, que ce soit mécaniques ou électriques, faisant n'importe quoi de ses mains ! Mais, à ce moment, il nous donne l'impression de souffrir, même physiquement ; comme à son habitude, il n'en parle pas, n'exprime aucune émotion ; voilà le coffre-fort à nouveau bien fermé !

Il parvient à monter la cage qui fait presque 2 m de haut et 80 cm de large. Quelques jours après, un Colissimo arrive en urgence, et qui est-ce qui montre sa petite tête effrayée ? Un magnifique petit caméléon !

Nous avons dû construire une mini-forêt à l'intérieur de la cage, y avons placé des plantes vertes exotiques : tout cela a semblé convenir au petit animal, mais quelle expédition pour ramener le tout à sa studette !

Toutefois, Julien n'avait pas pensé à comment nourrir son caméléon : il est obligé de l'approvisionner en mouches ou vers vivants, et doit aller les chercher dans le parc de sa Résidence.

Or, à quelques semaines de là, un jour qu'il part « à la chasse », il doit mal refermer la cage de son animal, et, comme sa studette est en rez-de-jardin et que sa fenêtre est toujours ouverte, lorsqu'il est de retour avec son garde-manger, eh bien, plus de caméléon ! Le petit animal a disparu. Il est peut-être reparti sur son île, ou bien il a expiré sous les griffes d'un chat !

C'est la deuxième expérience malheureuse que Julien a avec un petit animal. En effet, quand il était petit il avait eu un hamster qui avait subi le même sort !

Mais, cette fois-ci, l'incident devient catastrophique et est amplifié au centuple : en Julien naît une grande angoisse qui va déclencher une crise, disproportionnée au regard du « fait » survenu.

Sabine en parle au médecin :

« C'est normal que Julien soit triste, répond-il, il avait l'impression d'avoir quelqu'un à protéger. C'était sa petite bête ! Pourquoi ne penseriez-vous pas à faire l'acquisition d'un chien, à lui et rien qu'à lui ? »

Nous sommes à l'été 2014, un très bel été : Julien demande à revenir chez nous, on ne parle plus du petit caméléon !

Julien semble aller mieux, reste moins devant son écran d'ordinateur et sort un peu plus dans le jardin. Un matin, il nous annonce qu'il a fait une nouvelle commande sur Internet.

Je lui pose la question :

« Est-ce un autre caméléon ? »

« Non, me répond-il, pas très aimable. Tu verras ! »

Il me dit qu'il doit réceptionner un colis dans un autre village à un point Relais.

Je pense que c'est bizarre, mais ne pose aucune question !

Voilà Julien parti sur son scooter, il revient une heure après chargé d'une grosse boîte. Il passe devant moi sans me regarder. Il rentre vite dans sa chambre où il reste un bon moment.

Puis, il sort armé d'un pistolet à billes. Dans un premier temps, je pense que c'est une vraie arme ! J'ai très peur, car je me trouve seule avec lui !

Il se dirige vers le fond du jardin et commence à tirer sur des lézards qui se dorent au soleil. Mon mari, qui était absent, arrive à ce moment-là et, fort surpris, essaye de le raisonner, de lui retirer le pistolet sans y parvenir. Julien assomme ainsi plusieurs lézards qu'il empile sur la terrasse. C'est insupportable !

« Pourquoi as-tu supprimé ces petites bêtes ? Elles ne t'ont rien fait ! » le questionné-je.

« Parce que j'en avais envie ! » me répond-il.

Il rentre dans la maison comme un fou, regagne sa chambre et on entend qu'il continue à tirer sur les murs, les tableaux, etc.

Apeurés, nous alertons sa mère qui nous dit de le ramener immédiatement : il n'émet ni opposition ni contestation !

Mais voilà, notre fille est à son travail. Julien nous demande de retourner chez nous ; nous le laissons donc seul. Lorsque sa mère arrive, une heure plus tard, Julien a déjà pris pour cible les tableaux, les rideaux, la porte-fenêtre, etc. de l'appartement, mais Sabine, sur le chemin de son retour, a pris la précaution d'appeler l'hôpital. Le service lui a donné un numéro de téléphone qu'elle a toujours sur elle. En même temps qu'elle arrive une ambulance d'où descendent deux scaphandriers blancs. Ils saisissent gentiment Julien qui n'oppose aucune résistance !

Le voilà à nouveau hospitalisé dans la même unité : nous n'oublierons pas ce jour-là.

NOUS SOMMES UN 11 SEPTEMBRE !

Julien reste une nuit à l'hôpital, se sauve le lendemain et rentre chez sa mère qui a la surprise de le voir devant sa porte. Très calme, Sabine compose à nouveau le « fameux » numéro, et la même ambulance revient : Julien ne se débat aucunement et repart avec les ambulanciers.

À l'hôpital cette fois-ci, il est enfermé dans une chambre jusqu'à ce que son psychiatre référent puisse le recevoir ! Le lendemain matin, Sabine, qui a pu entrer en contact avec le médecin avant qu'il ne voie Julien, relate fidèlement les faits. À la fin de son récit, le psychiatre lui dit :

« Il y a peut-être "décompensation". »

Sabine sait ce que signifie ce mot, moi pas. Elle m'explique par téléphone qu'il s'agit d'une possible rechute !

Puis voici notre Julien seul, assis face à son médecin. C'est un psychiatre qui est jeune qui comprend les jeunes, dit ma fille, qui est très doux et très patient avec eux. Il pose LA question à Julien, la première, celle qui trahit :

« Julien, est-ce que tu observes bien ton traitement ? »

« Non, monsieur. »

« Mais encore ? »

« Eh bien, j'ai diminué de moitié la posologie de l'antipsychotique et, depuis une semaine, j'ai tout arrêté ! »

« Pour quelles raisons ? »

« Parce que ce médicament est trop fort, il m'empêche de dormir, provoque des tremblements dans les jambes, et même sur mon visage. Je n'ai pas envie que tout le monde me regarde. En plus, je souffre dans mon corps, j'ai des douleurs partout ! »

« Pourquoi n'es-tu pas venu me voir en consultation avant la date fixée ? Tu m'aurais dit tout ça ! Bon, Julien, compte tenu de la maladie dont tu souffres, que maintenant tu connais, tu sais que tu ne peux pas rester sans traitement médical. »

« Oui, monsieur. »

« Nous allons donc faire un nouvel essai avec une autre molécule, et ne t'amuse pas à ne pas respecter le traitement, sinon tu devras rester hospitalisé plusieurs semaines afin que nous trouvions la bonne molécule ! Nous avons frôlé la décompensation ! Tu peux rentrer chez toi, mais, dans un avenir proche, si le médicament que je t'ai prescrit ne te convient pas, tu me passes un coup de fil et je te reçois aussitôt ! Je te rappelle que, concernant cette maladie :

LA NON-OBSERVANCE DU TRAITEMENT MÉDICAL EST GRAVE ET DANGEREUSE.

Imprime-le dans ta tête. »

« Oui, monsieur. »

« Nous avons reçu également de la part de la Fondation FondaMental un courrier que je te remets, tu le montreras à ta mère, c'est une convocation pour te rendre à l'autre hôpital pour une IRM de ton cerveau. Te souviens-tu du protocole que tu as signé ? »

« Oui, monsieur. »

Julien prend congé de son médecin qui le voit, dans tous les cas, chaque mois à la même date pour le « suivi ».

Il y aura de toute façon plusieurs consultations pour trouver le bon traitement, car cette molécule n'a pas convenu, il en a essayé trois autres ; il en est donc à la quatrième (qu'il prend toujours actuellement !).

Puis Julien reste sur la ville, car la date du rendez-vous pour l'IRM va arriver : il s'y rend seul.

Son psychiatre est là, ce qui le rassure ! L'examen s'est très bien passé et son médecin lui dit qu'il le tiendra informé des résultats, plus tard. Comme il fait beau, Julien revient chez nous en scooter !

Il nous semble que ses traits de visage sont moins tendus, son regard moins dur et qu'il dégage une « atmosphère » un peu plus sereine. OUF ! De plus, on se rend compte que, sur son scooter, il se sent libre et présente belle allure !

Il a rencontré un copain de lycée, Stéphane, qui est tout heureux de le revoir ainsi : il savait Julien malade.

« Justement, lui dit Stéphane, je vais organiser une soirée entre "anciens élèves" et je t'invite, est-ce que ça te dit ? »

« Oui, bien sûr, avec plaisir », répond Julien.

À quelques jours de cette rencontre, il se rend donc chez Stéphane, et la soirée se passe plutôt bien. Au moment de se quitter, Julien s'aperçoit qu'un de leurs amis est en difficulté pour rentrer chez lui : il lui propose alors de le véhiculer sur son scooter.

L'autre le regarde et lui dit :

« Tu ne vas pas me tuer ? »

Julien feint la rigolade et lui répond :

« Ne crains rien, je suis soigné. »

En fait, Julien a très mal pris cette réflexion : il est rentré chez nous décomposé et la crise d'angoisse a bien failli survenir !

Depuis, il a trouvé une parade : lorsque quelqu'un lui demande s'il est soigné comme schizophrène, il répond : « Je ne suis pas schizophrène, je suis entendeur de voix. »

Il faut reconnaître que la maladie dont souffre Julien est encore méconnue de la majorité des gens qui n'en retiennent que les tristes accidents rapportés par les médias. En effet, dans l'imaginaire populaire, la schizophrénie est associée au plus à la folie, au moins à une dangerosité pour autrui et, en ce qui concerne cette dernière, les preuves, bien sûr, sont légion ! Pourtant, un patient diagnostiqué, qui se soigne sérieusement, fait des efforts pour se « resocialiser » et va suivre une thérapie de remédiations cognitives, parvient à reprendre un quotidien de vie presque ordinaire : sans jamais, bien entendu, oublier de prendre LE médicament prescrit !

Le psychiatre de Julien lui a proposé inlassablement ces thérapies, lui a donné l'adresse d'un bon psychothérapeute, mais Julien dit qu'il veut y arriver tout seul ! Nous, son entourage, restons un peu sceptiques et souhaiterions que sa confiance en lui-même recouvre rapidement toute sa force !

Ces derniers temps, nous avons remarqué qu'il a fait beaucoup de progrès. Cependant, si, par malheur, un grain de sable vient troubler sa routine, par exemple une panne de scooter, alors là, c'est plus qu'une catastrophe qui s'abat sur lui, et la crise d'angoisse s'annonce vite : Julien se retire dans sa chambre et nous savons qu'il est en souffrance.

Après plusieurs petits incidents de ce genre, le psychiatre, consulté, a dû ajouter un second médicament à la prescription habituelle : un antidépresseur léger.

À ce moment, Sabine demande à rencontrer le médecin pour faire un « bilan ».

Le médecin la convoque et lui annonce qu'il a reçu un résultat partiel de la Fondation FondaMental :

« L'IRM du cerveau de votre fils démontre que, lorsque Julien entend "ses" voix et qu'il est très mal, il y a une activité plus intense dans l'un des lobes du cerveau : le reste des résultats reste trop compliqué, ajoute-t-il, on en parlera plus tard ! Dans tous les cas, en ce qui concerne Julien, il est très important de continuer à resserrer les liens familiaux qui l'entourent ! Et d'être très attentifs ! »

Sabine ne peut s'empêcher de lui répondre :

« Il faut que je vous avoue quelque chose, docteur. S'il y a eu des actes manqués dans notre comportement en ce qui concerne Julien ou qu'il se dit "cabossé", il a toujours cependant reçu beaucoup d'amour enfant et adolescent. Il a eu toutes les attentions et tout ce qui, sentimentalement et émotionnellement, fabrique le "tremplin" indispensable pour se construire à cet âge. Ce ne fut pas toujours idyllique, certes, mais là où le bât blesse, à mon avis, c'est l'absence du père : et c'est là l'une des carences majeures ! »

No comment !

ICI, NOUS ARRIVONS FIN 2018.

Quatre années se sont écoulées avec des hauts et des bas, en soins, consultations, évaluations, et toujours le même traitement médical (parfois allégé), car Julien, qui se connaît, parvient à doser sa « Molécule », comme il dit ! Il est très sérieux à ce propos, mais force est de constater qu'il entend toujours « ses » voix ! Ceci dit, il a toujours fait confiance à son médecin, ainsi que nous-mêmes d'ailleurs, et ces bonnes relations ont facilité de nettes améliorations. Le « siège » de ses émotions est un peu moins érodé et tout le « cognitif » (mémoire, concentration, etc.) ne demande qu'à progresser !

Ses deux frères ont beaucoup compté aussi pour lui ; Aubry, le plus jeune, qui habite le plus près de la studette de Julien, est souvent allé lui rendre visite. Quant à son frère aîné, qui se trouvait éloigné à cause de son nouveau travail, a cherché par tous les moyens à se documenter sur cette maladie qu'il prétend ne pas être incurable !

Mais bientôt, quel bonheur ! Julien va bénéficier d'un nouvel appartement bien plus spacieux que sa studette où il pourra recevoir facilement ses frères ainsi que son copain qu'il connaît depuis l'école communale et qui lui est resté fidèle alors qu'il est en couple ! Ils se rencontrent tous les deux seuls, régulièrement, pour jouer de la guitare et meublent ainsi la solitude de Julien qui, malgré tout, lui reste difficile à supporter !

Ainsi, il a repris sa guitare, prend même des cours, car tout ce qui capte son attention lui fait oublier ses douleurs, ses maux de tête et autres souffrances tant physiques que morales.

De plus, il refait un peu de sport : il a organisé et participé à quelques trekkings en montagne, mais préfère la plupart du temps partir seul ! Depuis peu, il a ajouté le skate à ses occupations. Et en plus de la joie d'avoir son appartement, il a fait l'acquisition d'un petit chien, un adorable Cavalier King-Charles prénommé « Django » qui l'apaise et lui apporte beaucoup d'amour !

Julien va mieux, mais, pour autant, il n'est pas guéri, puisque la maladie dont il souffre est chronique : ses médecins le disent « stabilisé ». La Fondation FondaMental a précisé à la suite d'autres examens que Julien présente une déficience au niveau des neurotransmetteurs (dopamine, sérotonine), et cela doit provoquer ses états mélancoliques ou dépressifs : puis s'ensuivent les états d'angoisses incontrôlables, mais laissons cette analyse aux professionnels de santé !

Avec Sabine, nous avons écouté et lu de nombreux spécialistes dans ce domaine. Nous en avons conclu que tout ça était très compliqué (particulièrement l'étude du cerveau), mais nous avons cependant retenu que cette maladie a des causes multifactorielles, peut-être même génétiques. Par contre, la consommation de toxiques (comme le cannabis), nous a dit le médecin référent, est seulement un facteur déclenchant et révélateur de la vulnérabilité à la maladie. Les autres facteurs révélés et responsables de ces psychopathies, c'est toujours notre médecin qui parle, sont soit sociaux, soit psychologiques, ou encore des traumatismes psychiques, environnementaux aussi : milieu social ou familial défavorable ainsi que le stress.

Tout cela peut concourir à l'apparition de cette maladie si elle est latente.

Toutefois, Julien reste confiant et note lui-même ses progrès.

« C'est long, dit-il, mais, bientôt, je vais pouvoir m'inscrire à une formation (depuis son jeune âge, il est passionné par la soudure) et j'essayerai d'occuper un emploi à mi-temps. »

Son médecin l'y encourage vivement.

« Tu as raison, Julien, car schizophrénie n'est pas synonyme d'incapacité de travail, et tu contribueras ainsi à ce que l'on porte un autre regard sur cette maladie ! »

Julien revient moins souvent chez nous, ne fume presque plus et, s'il est considéré par l'équipe médicale qui l'a suivi et le suit encore comme « stabilisé » ou en cours de guérison, ça signifierait que :

L'HISTOIRE DE JULIEN ne peut pas se terminer, mais mon récit, oui !

Sauf à dire, sans me faire moralisatrice, que mon expérience et mon vécu me permettent d'émettre quelques conseils que voici :

Si vous vous apercevez que votre adolescent décroche au point de vue scolaire, est triste, manque d'appétit, s'isole dans sa chambre, ne veut plus fréquenter ses copains, donne une apparence de distance par rapport aux événements de la vie ou tient des propos incohérents, « alertez-vous ». Consultez VITE un médecin ! En effet, souvent, ces signes avant-coureurs, quelques-uns du moins, peuvent être confondus avec des « crises d'adolescence », alors on patiente, pensant que « ça va passer », mais ça ne passe pas !

Mon mari et moi-même, qui ne sommes aucunement psychothérapeutes, appliquons à l'égard de notre petit-fils Notre thérapie, celle qui est de TOUJOURS maintenir un environnement attentif, aimant ou, comme dit la chanson de l'autre Julien, Julien Clerc, « NOUS VOULONS ÊTRE UTILES » et veillerons à nous y tenir ! D'ailleurs, des séances d'équithérapie devraient être mises en place pour soulager Julien.
Mais la tâche la plus difficile incombera toujours à Sabine, qui est la maman, car l'avenir ne sera pas toujours peint de bleu !!!!!

Le mot de la fin : ÇA PEUT VOUS ARRIVER ! Et si, par bonheur, j'apprends un jour que mon témoignage a servi à éveiller des soupçons au sein de quelque(s) famille(s), j'en serai très heureuse !

Maryam B. (Fév. 2019)